風景と自由

天野健太郎句文集

新泉社

俳句は無限にある
そこに風景と自由さえあれば

はじめに

二〇〇九年に絶妙のタイミングで「俳句をやれ」と言ってくれた、伯父であり師匠でもある、村松五灰子先生に感謝（ただし句集には、師の教えを大きく逸脱した句が多くある）。

その時に「ウソ・虚構はだめ」と言われた。ホトトギス（写生有季定型）である。それを私は選んだのだ。つまり私が俳句にしているのは、風景でしかない。

では風景とはなんなのか？

作句の突破口をひらくため、あるいは世界をそこにとめるため、その目で風景を見ること。そのさい、シャッターを切る心構えで角度や焦点を変えて見るべし。事実としての風景を見た後の季語はその威力を三倍に増す。

実はもともと季語や五七五にはこだわりがない。

客観的風景描写が好みではあるけれど、季語は、ようは言葉の結節点なので、季語があることでそれに気付くこともあり、また季語があることで他人に伝わりやすいのもありがたい。

〈風景〉風景を見るべし。

〈季語〉風景で作句の突破口を見いだせば、すかさずイメージ（季語）を摑むべし。風景のある焦点に集中し、目標を摑むこと。このさい、余計なものを摑まぬよう、同じ線上を同じスピードでひきもどすこと。一発で俳句を生む必殺技。

〈五七五〉すでにある形式の力を借りる。肉を切らせて骨を断つ、相打ちの必殺技。使い古された固定の韻、歴史に蓄積された五七五のリズムで俳句の威力は倍増する。まして切れ字とクロスさせた場合は、必然的にテコの作用を果たし、三倍、四倍の威力を生み出す。

俳句を続けている、というのが我ながら不思議。自他とも認める飽きっぽさなのだが。

三食をつましく作って食って、近所を散歩して俳句作って、あとは家にある本とCDを消化するだけの人生で別にいいのだが。

本句集の俳句は主として、俳誌『茅花』とTwitterとに発表されたものである。

天野健太郎

もくじ

目次

拾遺

俳句にならなかった風景

散文

台湾を思い出す方法

解説

句集

風景と自由

いつも心に自画自賛

ボクシンググローブを干せ五月晴れ

その赤の重みに垂れてアマリリス

書類は揃ったミモザを見に行く

躑躅《つつじ》咲く埋めつくすよに埋めつくすよに

マフラーのなかで暗記をする少女

白菜の香りは刻めば刻むほど

小春の日洗濯機から水が流れる

梅雨はいつまでも雨を降らさず

ホームレスは完全な一本の煙草を拾う

啄木忌俺様は通帳に口づけを

なんらかの完全な世界カナカナと

日日草揺れて日向と日陰かな

黒鍋で炒めて青しキュウリかな

台所の戸袋を見つ梨かぶる

窓開けて金木犀と恋は流星

秋空の澄みて遠近無くすまで

冬空はレースの肌理《きめ》が青を濾し

白蓮の咲きて溢れて崩るまで

鍵放り母に訊く花「あやぁ木槿《むくげ》だ」

その蟻に白際立たせ木槿花

瀝青を水面に変えるは冬日なり

電線を重ねて空は赤くなる

季節たち（二〇〇九～二〇一二）

初夏から

水色のシャツ越しの光夏来たる

夏の陽やトンネル坂の蔭深し

母を追い真っ赤な傘がはねるはねる

母と子の繫ぎたる手は傘の外

木槿咲き初め梅雨と綱引き

姉弟は自転車曳いて立葵

振り返りなお弾けてく夏帽子

桂の樹小さな楕円の影かさね

六月の野分山の匂いがする

マンションの壁にざらつく夏至の影

薔薇香るビルの隙間を降る風に

銀杏若葉伸びて輪郭は空に溶け

夏めくや囲碁所は窓を開け放ち

糞避けの傘に「燕の雛います」

線路脇続く紫陽花《あじさい》色移り

梅雨晴れや神宮の森の背に光

いきり立つ神輿を抑える背中かな

路地裏の神輿会長がやって来た

油蟬潰れし腹の黒と白

竹棒に首括られて向日葵《ひまわり》は

ほしいまま日は照る人は透けていく

夏至なれど二四時間は変わらぬわ

盆の月ベランダに影動かして

原野なる谷にきらめく蜻蛉かな

谷に舞う蜻蛉八ヶ岳は影となり

ビル抜けて坂の上には蟬の寺

秋にはもひとつ

望月の雲に洗われなお清ら

汝とは満ち足らぬ者と月が言い

向かい風立待月の遅れかな

ベランダに太刀魚の白き匂いかな

猫ならぬ風をじゃらして揺れており

虫食いの葉はまだ空を遮りて
その先はコンビナートや芒揺れ
坂《さか》腹《ばら》に黄金ひと染み銀杏かな
深夜二時銀杏の肌で道辿る

紫の式部を喰めば無味かな

指腹にあまりにも脆き式部かな

秋日和センターラインも清々し

アルプスの稜線遠し稲架《はざ》襖《ふすま》

風だけが教える遠き野分かな

雨叩く車が輪郭なくすまで

黄葉は空の色まで変えていて

枯れ落ち葉爪先立ちで道渡る

桜落葉ゆっくり三色に散ってかな

敷き詰める木の葉新旧に色違え

地に落ち葉今しばらくの青さかな

わずかなる木の葉は揺れる空は動かじ

風を受く木々はオクターブ上げてかな

木の葉鳴る打楽器のごと清らなる

ホームレス台車に挿して楓かな

磨りガラス開くまでもなく冬隣

秋の蝶風に任せるしかなくて

うちは冬寒い

雑巾の乾く速度が冬となり

米研げば五指の凍える深夜かな

青菜さえ色を失い冬の影

北窓の水菜の上に柿置けば

寒風の重かれシャッターは鳴り続く

箸先の重さとともに牡蠣を食う

揚げ閉じた牡蠣を前歯で断つごとく

苦さとか熱さと牡蠣のそれ以外

月冴えて日比谷の空き地に降るように

バスがゆく路面に薄ら冬の影

冴え渡る駅へ行く人がすべて見える

打ちっぱなしコンクリートに冬落ちて

低く射す冬日が歩道を水面にし

朝日撃つブロック塀に冬木立

乞うものは排気ダクトに暖取りて

寒鴉逆流のごと啼いており

冬曇りカラス啄む白きビニール

冬雨に鶏卵を啜る鴉二羽

鉄塊のごとく冷たき本届く

湯たんぽを腹から膝へ足先へ

大根を一太刀清けき香りかな

出汁に浮く一際白き大根かな

透き通る大根目がけ醤油差す

暖色の林檎窓外は凍てつ道

悴みてなおも素肌で細煙草

葉落とした銀杏の枝は空懸けて
セイタカの伸びて曲がって枯れたまま

一戸建て立ち並びてふと冬ざれや

駅間に停まりし地下鉄咳の音

どぶ川の擁壁から生る蜜柑かな

冬暖か新しいケーキ屋に歩いてく

日だまりの枯木に紙を刷る音と

印刷の音刻む師走小石川

鶏卵の賞味期限は年越して

一息のショートピースや去年今年

年の夜しゃがれた声で「ひゃくやっつ」

手袋がポストにひとつ五日かな

あちこちにニットが「落とし物です」と

手袋を取るのが嫌で忘れた句

春は花より芽が出るのが嬉しくて

早春や鼻腔に優しき雨が降る

かわいげの無い鳥が一羽桃の花

枝先の色無き色や春近し

宿無しも靴を脱ぐなり春隣

玄関に続く小道で鳥交る

春風に洗濯ばさみの弾け飛ぶ

花曇りパンにはパンの影ありて

空と女と音楽と

秋雲が青に混じりて薄墨に
東京の稜線に滲む秋の空

元旦の青空は無音ＪＡＬ赤く

六本木高速の果てに光る彼岸

春霞指でなぞれば雲になる

春の夜の静けさの先に触れてみる

静止画のような青空にビワがなる

雨が鳴る空はまだ青が透けていて

五月晴れギター音が空開いてく

雲流れ夜空は群青にあらわるる

夏至の夕いつまでも橙に色残し
来ぬ夏に迷いを重ねて雲となる
夜である雲は白くて青くあり
汝らは含まれぬものと雲が言い

白々と堅牢を失してアスファルト

ビル影を踏み出せば不確かな世界かな

踏み出せば地はかげろうや白き奈落

自らの影だけを頼りに道渡る

この青は夏のすべてを許しおり
ビルたちの遠近法の先の夕色

小春日や青空一枚指に触れ

町並みは無のような青に切り取られ
雲という繋ぎなくせば空は去る
突き刺せば宇宙に届くや蒼き空

天高しカーテンウォールのもっと先

天高し電車は谷を這いてゆく

天高し雲梯をしてみたくなり

天高く孤高然としてコンビニへ

秋澄みて高速エレベーターの灯が上る

鱗なる雲にひと叢赤射して
幾重にも白塗りつけて秋の雲
秋空に灰白青の区別など
音は鳴る埋めても埋まらぬ空に向け
空の澄む言葉で繋ぐほかなくて

秋に入り空の容積を知りぬかな

秋の空逆さまにある山の峰

秋の夕混ぜっ返すような雲もあり

秋の雲太陽と同じ眩しさで

秋澄めり集合住宅の肌理もまた

義務がなく三十分間の秋を見る

秋の夕重い赤みはビルの間に

秋と冬二つの空が混じりおり

冬空は粒子が地平に溜まるよな

放熱す暖炉のようにタワーかな

半月が無でないと告ぐ冬の空

満月を見入りてはねるつけ睫毛

南国の女が指さす稲架《はざ》襖《ふすま》

プルメリア「卵の花って言う名前」

春装はふわっとしてふわふわっとして

スプリングコートを纏う細さかな

春装や肩甲骨の顕なる

春装や襟元をあけて女たち

女たち襟解けば白き肌となり

汗という薄化粧装う女かな

クーラーに背けて煙《けむ》吐く横顔は

髪かけば夏服の頚の露わなる

女抱く紫陽花のよに紫陽花のよに

コートから紫色が洩れて零れる

コート脱ぐ女の肩の細さかな

マフラーを解けば唇の厚きかな

新卒の女
「ディズニーとか行かなくなる気がする」

秋めくや松田聖子の風二曲

原坊の昔の歌を秋麗ら

秋晴れや虹色バスで通勤す

初時雨世界の果てまで続くよに

蒼氓のコーダのように秋惜しみ

冬隣ハッピーサッドの鳴り初めし

夢見れば君は静かな冬のエンジェル

冴え渡る雲なき夜にピアソラを

〔アストル・ピアソラ、アルゼンチンの音楽家〕

十二月俺は柔らかな後悔をしない

もっと匂いをもっと動きを

桜から

花を待つ桜の影も柔らかに

もしも今つまめば咲くや桜花

午後の陽は花の雲間を輝かせ

桜とは発光せしものの坂の下

満開の桜をつぶさ猫と見ゆ

薄墨と白を重ねて桜かな

完全な珠となりにし花揺れる

ことばには捉えられまじと桜かな

目黒川花びらはなめらかに流れる

雨の夜落花はまたたきより疾く

葉桜の香りを落として雨の降る

東京に雪が降る

音もなく白の空から白の雪

瞰《み》下《おろ》せばアスファルトに雪の舞いてかな

仰ぎ見てただ白なりて頬に雪

重力を狂わすように雪の舞う

なんらかの物理の法則雪の降る

風通る道は一筋雪残し

電線は雪を搦めて溶かしおり

街灯に雪影が舞い雪と落つ

安傘は今白雪のレース柄

夜帷蛍光灯色に積もる雪
駅出でつマクドナルドに染まる雪
オレンジに吹雪を染めるタワーかな

雪光る真白き塩を鍋に放る

雪の朝幼き歓声と光入る

雪の降るすぐ雨樋の音となり

雪の降るタイヤの音のやかましき

ゴミを出すその一瞬だけ雪を愛で

そういえば花屋の息子だった
（売ったことのある花の名はわかる）

薄緑ペンキの壁に黄水仙

飴のよに乙女のように花《はな》海《かい》棠《どう》

花水木光はそこに集まりて

紫はやわらかくあり牡丹かな

うっすらと黄色が生まれミモザかな

夜の隅木香薔薇のわきたてば

花石榴《はなざくろ》南国のようなオレンジで

アガパンサスは同じ方向に傾く

眩しさに背き紫陽花の青を見ゆ

昼顔の捻れて昨日咲いた花

色褪せてマンガ雑誌のような紫陽花
紫陽花は女のように柔らかで

その白が蟻際だたす木槿かな

蟻這えば白はより白く木槿花

木槿花サナギのごとく地に落ちぬ

南天が赤になろうともがく色

ゴミ棄てる外廊下にも金木犀

雨過ぎて地面に丸く金木犀

海近しペデストリアンデッキに木犀香

山茶花《さざんか》は夜その赤を強くして

山茶花の匂いもなしに我を止め

水仙が指先に水の重さかな

水仙を手持てばすくっと真直ぐかな

冬の陽がブーゲンビリアを温めて

フリージア遅れて届く香りかな

夜にして赤を滲ます椿かな

通い道冬椿の香に搦められ

駅までの未練は香り寒椿

自分以外も動いている

ジャスミンの落ちて気付くはその白さ

チクタクと花弁弾いて金木犀

猫じゃらし都電の下に揺れてかな

空映す天道虫の黒さかな

片顎のクワガタが這う歩道かな

風分ける楓若葉に雀かな

白南風は栞紐揺らす不随意に

脈だけを影に残してトンボかな

チュンチュンとレールは鳴りて芒かな

蟬たちのしぐれに消える電車音

虫の音とマウスの音がこだませり

角張った東京の稜線に虫響く

白々と直線の空に虫の鳴く

ディーゼルの二速の音と虫の声

撥かれし水走るなり鴨の首

蓮枯れて鴨が水飲む音ばかり

はらはらと時間をとめて桜かな

花びらが落ちて角出すさつきかな

天突いて咲くは椿の野蛮かな

花椎の香りを泳ぎ路地の底

椎が咲き夜の匂いを変えていた

朝顔の電線這いて道の上

ドクダミの中央分離帯に溢れおり

ドクダミに敷き詰められてポストあり

坂下る冷やけく誘う水引や

彼岸花赤よりもそのまっすぐが

青よりも団地の扉は青なりし

虫音の濁りが澄みて九月かな

嵐去り虫の音清く夜を包む

梨にはまった

立ち待ちてちょっとお腹がすきました

剝き去れば立待よりも白き色

一日の渇きに見合う梨ひとつ

歯をたててしぶきをあげて梨かぶる

三河ならタダ同然なり梨を買う
皮落とし水を湛えし梨ひとつ
水守り刃先を止めて梨の皮
チリチリと刃先を進め梨を剝く
搾るよにみるみる消えて梨ふたつ

冷ややかなざらつきを手に梨を剝け
手の中のざらついた水それは梨

帰る場所がふたつあり

台湾には鳥がいる

マンションの谷間に囀りが降るように

バイクにも負けず囀りこだまして

「四月なら本当はもう夏なの」と

空港に木《き》棉《わた》の花が迎えおり
真っ青な軽トラの上木棉咲く
紫の蘇《そ》芯《しん》花《か》続く高架下
仁愛路車は東へ風光る

マンゴーは出始め二色赤と青

シャクシャクと渋みと甘みレンブーかな

レンブーの赤を返して品定め

プルメリアとろけるように路地に咲く

プルメリア七分に甘く黄色かな

雨どいをほとばしらせて驟雨かな

驟雨打つカフェの女が目を覚ます

驟雨ありベランダを打つ直径は

止まぬ雨映画のように手を伸ばせ

天暗く驟雨にタクシーの明かきかな

ゆっくりと驟雨が台北を冷やしおり

驟雨降る降りて午後など終わるほど

スコールにウェイトレスは昼寝せし

マンゴーの皮するすると氷屋で

マンゴーの種に歯を立て啜るかな

マンゴーの抵抗なきや皮を剝く

マンゴーの指にねとつく香りかな

ブーゲンの路地古書店を探すかな

崩れおる日本家屋にブーゲンは

高鐵《ガオティエ》の窓から二月の田植えかな

（高鐵＝台湾新幹線）

茉莉花はまだ咲かぬ蝶は待ちきれず

豚を売る軽トラが二月の廟所かな

榕樹《ガジュマル》の光こぼれて二月かな

三河には川がある

三河では空の奥行きが違うらし

中畑神社駆け馬神事四句

里祭落馬で人が死んだこと

乗り出して馬に触らん在祭

木の皮を剝がして肥ゆる馬を打つ

秋祭り「男はつらいよ」が風に舞う

埋め立てつ楕円の土地に葱植わる

墓花にストック香る中日や

春彼岸雨を恨みて花を売る

田畑のぐろに誇らし花菜かな

椎光り八ツ面山は揺れるごと

護岸なく曲がる男川麦の青

風あるや早苗はしなるしなるしなる

麦の穂の揺れては戻る規則かな

まだ青の麦穂まっすぐ揺れてかな

拾遺

俳句にならなかった風景

俳句にならなかった風景

猛暑の日クロネコヤマトも不機嫌に

ベランダに鳥さえ食わぬ蟬ひとつ

ベランダに蟬食う鳥の目覚めかな

蟬が死ぬ我がベランダも世界らし

お盆らし二階から落つぉ経かな

夏白くアルファードが曲がる路地

夏は行く磔な死に方と童女かな

八月尽〆切までは五日あり

積乱雲高ければなおつぶさなる

冷麦は魚の出汁を噛むように

隠元にすじなどなくて鬱の夜

秋の暮れ移民の子等は縄跳びす

金木犀一夜一雨脱皮せし

寒風に体の形を教えられ

小寒の北窓を押し風の来る

金星はいつでもそこに冬を越す

夕日には春のタイツが溶けていき

風ひとつ受けてミモザのそこに咲く

この星の僻地のどこか花を見る

チグハグな制服花の散る道を

汗ばみて夏まで残り十度なる

雨よりも小さく紫式部咲く

門前に青梅落ちた匂いかな

四階屋夏至は一階より長く

薫風が運ぶベランダ姉笑う

薫風に三人乗りのサリーかな

無風の日タオルケットへ陽の高く

汗をただ飛ばして夜の風涼し

コンクリの箱に転がり涼夜かな

夕涼や灯りも忘れ横たわる

雹過ぎて冷めきった空はこわばりて

汗疹あり名医の薬は謎めいて

菜箸は短くなりぬ茄子炒め

茄子炒め崩して水を足した色

火が通る一瞬茄子の香り立つ

風だけを残し台風海へ去る

夏終わる冷麦の束残数え

夏フェスは数えるだけで八月尽

桃を飲むネクター果汁三十%

盆の雨我が玄関で雀鳴く

木槿咲くもはや届かぬ手の先に

木槿花サングラス越しになお白く

木槿咲く繰り返すこと繰り返す

バスを待つ木槿の白は無限なる

茄子炒め醬油を注ぐだけならば

台風の端っこにいてやべぇとか

台風が過ぎる夜に嚥む眠剤は

窓に光今年最後の柿を食う

柿算法四つ食べたら七つあり

歯の隙に渋みを残し柿を食う

柿を食う外から見えぬ甘さかな

今年のは甘くないだのと柿を買い

秋彼岸スパゲティーを箸で啜るなる

虫の音にマンホール潜る下水かな

今朝の冬日差しは低く刺さりけり

小春の日ニットコットンの迷いかな

蛇口からお薬の水冷ややかに

冬隣ハンチングだけにぎやかに

散る銀杏マウンドにして男子たち

栗を蒸しほじって絞った誰かかかな

栗きんとん中津川から運ばれて

かじかみて筐《きょう》体《たい》の裏薬を探す

目の乾く速度が冬となりぬかな

パソコンの再起動までの寒さかな

制服のマフラー膝は吹きさらし

制服のマフラー首も口もなく

交差点桜紅葉の宙にあり

跳びはねて子供落ち葉を摑むまで

駅前で男子落ち葉にめがけ跳ぶ

駅前の落ち葉なぜみな裏返し

コート切り雨から逃げし女かな

味噌入れるまで大根の白き汁

大根の味噌吸ってなお透明に

味噌汁の夜明け大根も色馴染み

冬の朝大規模補修の足場かな

寒さとは予感のように布団ある

茶も冷えて年末決済押印す

冬日没る母が自転車折り返し

午後という時間の速さ冬日落ち

アクをとりシチューの暖をとる手かな

シチュー溶くにんじん赤く残りける

冬鰈ウラオモテ皮味比べ

卵剝けハンドクリーム塗りしまま

味噌かけるゆで卵剝く手ひび割れて

年の夜スーパー前の痴話喧嘩

年の夜甘いネクターをいただきた

行く年にしゃがんで尻を丸出せば

正月とか関係なくに豚の汁
豚汁を一心不乱元日夜
ユースキン120グラム二年越し

迷いなど非効率さと去年今年

諦めは甘露の如く去年今年

憎しみを捨てる捨てない去年今年

お薬を増やして減らして去年今年

みそ汁はみ泥となりぬ冬朝餉

ベランダは太陽だけが二日かな

初仕事ふくよかな笑みありがたく

チューリップきゅっと束ねる音がして

チューリップ小法師のように手に包み

チューリップアンジェリカかなアンジェリケ

チューリップ右手に思わぬ重みかな

小寒に湯煎長めのハンバーグ

小寒のゴミ出すまでの白い息

台湾

三月の台北鳥の濃くありて

台南で木《き》綿《わた》花赤く燃えるかな

角売りのパインの香りで目を覚ます

梅の実は転がる我はすれ違う

梅の実は上に向かってついている

葛桜希望をふたつ買うように

白木蓮同じ白さで同じ向き

花冷えやモノレールは行く傾いて

名鉄は植田を斜めに走り過ぎ

梔子《くちなし》の匂いは埋立て地に満ちて

梅雨篭もり濡れた宅急便の声

メールだけ打ち続けている梅雨篭もり

マンゴーの種細長くしがみけり

マンゴーの冷えて熟した重みかな

行く夏をずるり琥珀に白い麺

八月尽自虐を押せば崩れてく

夏至の夜つぶあんの跡は紫

ばあちゃんの化粧を待つや蟬の声

熱中にあり眼球の乾くまで

盆過ぎて世界はオレに追いつきぬ

太陽は入道雲の縁にあり

ゆく夏に四十半ばの汗疹かな

秋の暮れ季語を忘れた散歩かな

隠元をなにものか知る鬱もあり

あと何を食えば眠れる秋の鬱

眠剤にデビューするなり長き夜

冷やかに本ずり落ちる音聴こえ

秋の雨おあいこのふりはずるいとか

十七夜翼に映る月の色

望月に近づき一〇〇〇〇フィートかな

満月の真横を飛びて帰るかな

名月は見えぬ軒下肉を焼く

台風は明け鳥の鳴く街路の樹

秋の雨猫はファミマで横になる
秋の雨違法建築の屋根が鳴る
ひとつずつ欲望消して冬を待つ
冬の空コンクリートと繫がって
冬の空電線だけが黒くあり

法蓮草絞れば滲む土の色

胡麻を摺る法蓮草のために摺る

原節子のいない秋だと過ぎて知り

だんだんに戸を締めていく冬開く

北窓に柿を並べるゲームかな

山茶花の崩れるような白もあり

牡蠣を食う宇宙のような味なれど

冬の坂新しい猫を発見す

猫だまり冬の朝日の隙間かな

台湾の蜜柑を食べる種やさし

冬の雨ツァイ・ミンリャンが降らすように
〔蔡明亮、台湾の映画監督〕

雨音は雪に崩れてしまりなく

雪過ぎて宇宙の迫る青さかな

冬の空熱さえ青く突き抜けて

光なき朝寒鴉の遠くあり

朝闇の遠くに聞こゆ寒鴉

忘年会愚痴りたらないままのまま

歯磨き粉を下ろしたくらいイヴの夜

年の夜ユーミンの声たどたどし

冬長し鬱は一瞬吹き上がる

永遠の壁などどこにも冬の底

ラーメンを啜る睫毛とマフラーと

ラーメンのつゆコートへと消えぬかな

寒さまで和らげ卵溶き入れし

アウディに暖を求めて猫みっつ

大根の冷めゆく白の匂いかな

大根で一週間を貫けば

大根の赤味噌のなかくずけおり

大根は赤一色の味噌に染む

旧正月小豆が粉と煮えるまで

旧正月紫色の汁を煮て

旧正月そんな言い訳小豆煮る

風邪ひけば一年ぶりの読書かな

生ぬるい匂いをぶつけ春一番

啓蟄や周辺機器は慌ただし

春浅し子供は車窓に顔のせて

伊賀饅頭ネットで画像を探すしか

春浅し腕に時計の冷やかに

桜など見なかったまだ咲いている

躑躅咲く陰影だけを密にして

有線のPoplifeとは春終わる

ジャスミンの香りを押して汽車の入る

春キャベツ巻き込むような野蛮かな

柚子を置くただありつづければよしと

おくすりを数えてともに冬に入る

冬の雨遅い仕事を責めるように
冬に入る諦めた鬱の裏側に
冬の部屋破綻は丸く吹き溜まり
散らばったＱＯＬを拾い十二月
〔Quality of Life〕

銀杏黄葉敷いて少年リフティング

銀杏黄葉埋めて歩道の終わる場所

大雪に空気の重さと痛さ知り

飽きるとか飽きないでなく味噌おでん

眠剤は切れ北窓を閉じるかな

病がち嘘つきとなる十二月

去年今年最悪はまだ先にあり

年賀状一通だけの感謝かな

我の為痛みを隠せ去年今年

劇的は無くただひとつ冬を越す

春暑しベッドに憎悪は染み込みて

ひとりからひとりになりぬ秋の口

敬老の日ばあちゃんより先に死なぬ法

なんもかも床に落ちよる年の暮れ

二〇一八年

故郷を寿ぎ赤い味噌おでん

一日の仕事ダンスほど夢中には
オリオンを南に仰ぐ坂下りて

強情を固めるように雪を踏む
雪を踏む音我を踏みしめるごと
惜しむよに傘を叩いて雪落とす
雪残る鴉はそこに立ったまま

氷る夜に涙とうどんを啜るなど

氷る夜生き死にポッケで出し入れし

嚥下せぬ羊羹祖母は笑みて受け

春光や九十八歳の字は震え

春光に九十八歳の手を透かし

春立ちぬゴダールはたったひとりかな
〔ジャン＝リュック・ゴダール、仏映画ヌーヴェルヴァーグの旗手〕

負けん気も三時間ほど冬の底

必要とされぬわ旧き年迎え

春節や憎しみが俺を起こすまで

記憶には蛙を踏んだ匂いとか

〔「野性俳壇」『野性時代』五月号、夏井いつき特選句〕

路地の先小さく光るミモザかな

憎しみを揺れるミモザに掛けて捨て

弟《おと》と妻新しい窓に見る花菜

犬を抱く弟窓に花菜あり

雪柳無限に吹き出すように見え
体じゅう痒くなりけり春うらら
憎しみはふいに吹き出す雪柳
ありふれた桃色になり花海棠
花海棠含んで甘くあればよし

辛夷《こぶし》散る次の白まで三〇〇日余

カーテンの折り目広げて春の風

花盛りあらぬ憎しみひとつ消え

花落ちて憎しみはなお宙ぶらりん

春更けて生きる要件滞り

春は更け生きる重さを比較する

米は減り頁進まず春更ける

だいだいの帽子の網目夏を待つ

躑躅咲くそばかすじみた濃淡に

ええ風や秋の入り口横になる

ええ風や痛みは三分の一となり

ええ風や梨食い終えて自失する

真夜中に巨きな葡萄を落とすとか
鬱夜には巨峰の落ちて散らばりぬ

嘘みたい

春更けて大気圏突入の夢女
春更けて痛み止め入れ二度寝かな
春更けて肝心なTomorrow元春は
春更けて嘘みたいだろ写生なんだぜそれで
春更けて眠剤薄く夢浅く

秋の夜すべて音源と言うらしく
夜は涼し寝返り打てぬまま
うだる夕遠くで赤子泣く強く

握り寿司母は鯵だけ光るかな

アガパンサスビニール紐で括る愛

雨音は寝ても起きても同じまま

膝立てて股間の夏の虫の痕

冷麦を我が手でゆでる夏となり
ういろうのうすら涼気に託す午後
向日葵の単位を越えた高さかな
ベランダに貼り付く靴下野分あと

岡崎花火大会

花火とは聴くものと知る寝床かな

音を追い花火は三河の戦場へ

音だけの花火つながる次の音

音だけの花火は時空を広げゆく

炎下へと三十九度の命降る

古書捨てる結ぶ紐へと汗一滴

夏の果て悪貨が良貨を駆逐する

夏の果て駆逐されても良貨たれ

外階段出会うは昨日のカナブンか

梨に歯を立てればまさか甘い透明

暑中見舞い届いた知らせが届くまで

柔らかく塩したキュウリ彼岸まで
彼岸まで赤字を入れる我が身かな
彼岸まで眠りは断続的のまま

秋の雲見下ろしているデジャヴかな

散文

台湾を思い出す方法

外国人のいる風景1　餃子

筆者は台湾に五年ほど語学留学し、帰国後も台湾（ないし中国）関連の仕事をしており、この十年ほどは概ね毎日外国人と接触する生活をしていることになる。

金融危機以降、海外からの人材流入は縮小しているとはいえ、三河であろうが東京であろうが、外人さん自体はさほど珍しいものではもうない。

山手線に乗れば、車両の見渡す範囲内に外人さんがいないことはほぼ無い。みな押し黙って携帯なりを睨んでいるわけだが、同じ東洋顔であってもチャイニーズ系はファッションが違うのですぐわかる。

以前、JR目黒駅の改札を出ると、向こうから長髪の美しい女性が歩いてきた。黒いロングコートの颯爽たる姿に、すれ違ってのち、物惜しく振り返ると、黒いロングコートの背中にはスパンコールで一匹の龍が描かれていた。中国人であった。

ちょっと前、友人の中国人語兼日本語学校で、中国人相手に日本語を教えていた。生徒は女の子二人。基本的な勉強は済んでいるが、会話するチャンスがないというので、テキスト無しの実戦的日本語（雑談とも言う）。授業が終わり、中国語で質問タイム（雑談とも言う）。するとハルピン出身の子が、「先生、お腹すかない？　おやつあるよ、おやつ」と誘う。山東省の方が付け加える――「餃子！　餃子食べよ！」

何でおやつに餃子なんだ？

学校で餃子かよ！と思っていると、ハルピン娘が手渡したのは、京都名物、八つ橋（抹茶あん）であった。

「甘いじゃねえかよ！」とからかうが、ハルピン娘は「餃子じゃないの！」と意に介さない。「八つ橋」という日本語を知らないのだ。

確かに「餃」という漢字は皮を重ねて具を包むという形状を意味し、なおかつ「具」のことを中国語では「餡」と言うので、理屈は間違っちゃいないがそもそも本場中国に甘い餃子なぞ存在しないのである。

――『茅花』二〇一〇年三月号

外国人のいる風景2　上様

美容院のお兄さんと雑談。

三月が近いせいか、トークテーマは領収書だった。筆者は台湾人社長の世話を長くしているので、出入りしている日本人営業マンからよくこんな質問をうける。

「社長は日本語、お出来になるんですか？」

渡りに船、と、芝居がかってこう答える。「いやぁ全然できないんですよぉ。喋れるのは、『ありがとう』『大丈夫』それからもうひとつ『領収書』この三つだけです」

サラリーマンには例外なくウケる鉄板ネタである。

極論すれば、言葉は生きるために必要な情報を伝える記号だ。ただ、ここまで透明すぎると、話者が生きるために必要としているもの（＝欲望）があらわになってしまい、みみっちく、可笑しい。

負けじとばかり、美容師さんが話を継ぐ。

昼休み、同僚と食事に行った。この数年で雨後の筍のように増えた、新移民が経営する、「○○飯店」や「○○軒」ではない方の中華料理屋である。麻婆豆腐定食をおいしくいただいて、レジへ。幸い、その日は経費で落ちると、赤い制服の胸に「おう」と名札を付けた、ひっつめの黒髪が可愛い中国人女性従業員に向かって、「領収書下さい」と一言。

「二百円のお返しです」。特有のアクセントは微かに残るものの流暢で丁寧な日本語で、チャイナガールは付け加える。「お名前はどうなさいますか？」

「ああ、上でいいです」

すると、中国娘は急にハッとして、そして嬉しそうな笑顔でこう言った。

「さっきのお客さんも上さんでしたよ。日本人は上という名字が多いね」

これまで、どれほどたくさんの上さんのために領収書を切ってきたことだろう。記号として、必要なものを必要としている人に繋ぐ役割は十全に果たしている。ところが彼女は、そんな記号を使い捨てするのでなく、ひとつひとつその手に拾い上げ、つい見つめてしまったのだ（透明なのに）。たまたま完全なる誤りであったとしても、しかし辞書に頼らず自分の手で意味を（色を）発見した彼女は、初々しく、清々しい。

——『茅花』二〇一〇年五月号

あいまいな国境の歴史（抄）

誰でも、ふとしたときに、わけもわからないまま、なにかに惹かれてしまうことがあるらしい。

最近読んだ台湾の本で、洋裁にまつわる話があった。

著者の母は洋裁学校の校長として戦後四十年以上にわたり台湾女性を教え、彼女たちの自立を後押しした。戦後の経済復興は女性の労働機会の拡大をもたらし、そして社会に出た台湾女性たちは洋服を必要とした。既製品を買うという習慣（あるいは経済的余裕）がまだなかった当時、洋服を自分で作る洋裁ブームが起きていた。そして同時に仕立て屋の内職や洋裁師、あるいはアパレルメーカーに就職するなど、洋裁は女性が自活するための武器にもなった。

主人公は、どうして洋裁の道を選んだのだろう?

彼女が育ったのは戦前の台湾、つまり日本の植民地時代である。台湾南部にある古都、台南の貧しい商家に生まれた彼女は、小学校を出ただけですぐ親が営む雑貨屋で仕事を始めた。一九三〇年代後半、まだ女性が高等教育を受けることは難しく、ましてや台湾人の就学機会は当時の「日本社会」で無制限というわけではなかった。

妹たちの世話と店番をしながら毎日は過ぎていく。

商売は決してうまくいっているわけでなく、このままじゃいけない、なにか手に職をつけなければ、と焦りで悶々としたまま。しかし仕事はただただ忙しい。手がすいたときは商品を入れる紙袋を作らなければならない。古紙屋から仕入れた古新聞古雑誌を適度な大きさに切り、折りたたみ、糊付けする。彼女は知らず知らず手を止め、古雑誌に見入ってしまうことがあった。

紙袋の材料には、当時台湾在住の日本人主婦が購読していた『主婦の友』や『装苑』などが紛れ込んでいた。そこには、当時最先端の洋装と、それを作るための製図が載っていた。彼女はそれに、魅せられた。ずっと、丸い立衿で結びボタンの台湾シャツを着ていた彼女は、見よう見まねで洋服を作り始めた。自分のものだけでなく、家族の洋服を試行錯誤しながら作る。

何年か経った頃には、彼女の技術は洋装店の社長の目に留まるまで習熟していた。つまり面接用のスーツを自作できるほどに。

古風な父をようやく説得しおおせ、十九歳になった彼女は日本人が経営する洋装店で働き始めた。実地でしごかれ、難しい注文をもこなすようになり、自信をつけた彼女は更に上を目指し、東京で服飾デザインを学ぶことに決めた……。こうして、ふとしたきっかけで心に芽生えた憧れは、彼女に洋裁の技術を習得させただけでなく、自分の力で人生を切り開いていいのだと、教えた。

台湾人を抑圧した宗主国日本は、皮肉にも台湾人たちにモダンな流行や新しい知識を教え、それまで持つことのなかった夢を与えていた。政治と経済の収奪は、同時に文化的な先進性をその被抑圧者に見せつけ、不満と同時に憧れという感情を植え付ける。文化の非対称性という皮肉な図式を無きことにはできない。しかし、その一方的に押し寄せる文化の奔流を持ちこたえたあとに残るものは、与えられたものより強固だったのではなかろうか。

帰郷した彼女は、当時としては少し遅い結婚をする。一九四四年。すでに戦争が日常生活のすみずみにまで入り込んでいたあのころ、モンペと国民服で婚礼を挙げるのが常識だったあのころ、彼女は自分で製図をひき、自分で布を調達し、自分で縫製をしたウエディングドレスを堂々身につけ、式を挙げた。そこには彼女の人生を支えた、洋装への憧れと、自分を貫く意志があったのである。

参考文献：鄭鴻生『台湾少女、洋裁に出合う——母とミシンの60年』
——『茅花』二〇一一年十二月号

台湾を思い出す方法

台湾の本を日本語に翻訳して売る商売をしている。そのわりに台湾に行く機会はあまりない。出張して打合せとか（作家と会って翻訳上の質問をしたり）、仕入れとか（本屋で翻訳によさそうな本を物色したり）したいものだが、今どきはメールとかインターネットとか便利なものがあるので、日本（東京の事務所兼倉庫兼仮眠室）にいながらだいたい済んでしまう。台湾ブームでいろんな人が遊びに行くのを、ソーシャルネットワークを立ち上げて、うらやましく見守るだけである。

『台湾俳句歳時記』（黄霊芝著、言叢社）というものが本棚にあって、たまに手に取ることがある（著者は一九二八年台南生まれ。日本語教育を受けて、戦後も日本語で小説・俳句など文学作品を残した人）。多くは翻訳の調べごとである。歳時記だから、台湾独特の風土・風習がご当地季語として取り上げられていて、写真とともにインターネットにない情報満載で役立つ。台湾は沖縄の先にある亜熱帯の島なうえ、その最高峰は富士山より高い（かつて「ニイタカヤマ」と呼ばれた玉山は標高三千九百五十二メートル）。豊かというより、もはや荒々しいと言うほどの自然が溢れる。首都・台北は、地下に都市鉄道が走る大通りを、地上はコンクリートビルで四方を固めるような大都市だが、じつは街路樹が旺盛な緑を育み、朝の通勤時間はバイクの音に負けないほど、鳥が鳴く。

マンションの谷間に囀り降るごとく

台北の街は日本と違って、職住一体である。繁華街やオフィス街もその一本路地に入ればマンションがあり、普通に短パンと雪駄の老若男女が屋台で買った昼飯を片手に歩いている（一階はコンビニや飯屋、カフェなどが連なる）。そんな路地で友人と待ち合わせしていたら、路駐車のボンネットに白い花がポトリと落ちた。よく見ると吸い込まれるような花びらの中央に向かって濃い黄色に色が変わっていく。友人が中国語の名前（「鶏蛋花」）を教えてくれた。ハワイでよくレイにするプルメリアだが、ここではその芯の色を鶏卵の黄身に見たてているのだろう。手に取ると、甘い香りがした。

プルメリア卵の花って言う名前

花と言えば蝶。調べごとは、数年前に出た、『歩道橋の魔術師』（白水社）の著者・呉明益の新作長編に出て来る蝶である。台湾は「蝶の王国」と言われる。蝶の種類は四百種以上という。台湾中部の、山に囲まれた南投県埔里にはその半数が生息し、有名な昆虫博物館がある。また南部の離島では暑さの恩恵で、大型のアゲハがいる（蘭嶼にしかいないコウトウキシタアゲハは、広げると十二センチほどもある黄金色の羽根を持つ）。さすがにそんな立派な蝶は、台北で見たことがない（だから俳句もない。見たものを題材にして、虚構はダメと村松五灰子先生に最初に教わった）。

生まれついて台湾と縁があったわけではない。昔、郭源治や呂明賜が唯一、台湾の存在をアピールしていた以外、そういえば中学校の理科の先生が、休暇ごとに台湾へ蝶採りに行っていたことを、呉明益の蝶のエピソードを訳しながら思い出した。また実家（岡崎）ではお城の近くに「双竜」という瀟洒なダンスホールがあって、それは台湾人の経営だったと最近知った。今は喫茶店になっていて、モーニングのゆで卵は茶葉で煮染めた茶色い台湾風だった。もっとも台湾でゆで卵はカフェでなく、コンビニに売っている（八角のすごい匂いがする）。蝶の生息密度と同じように、コンビニの出店密度は世界一だという。たしか日本よりもずっと早くからチケット発券ができ、淹れたてのコーヒーが飲め、休憩用のベンチで弁当が食えた。

秋の雨猫はファミマで横になる

高密度・高機能とはいえ、そこにいる台湾の人びとはやっぱり呑気で、友人宅の最寄りのファミリーマート（「全家便利商店」）のレジの前は猫がいて、店員がエサをやっていた（そもそもスマホをいじりながらレジをしてくれるときもある）。棚の感じでは雨の日だからでなく、それが猫の定位置であるようだ。そもそも猫カフェ発祥の地は台湾で、日本みたいに時間制でお金を払って、縮小したテーマパークにわざわざお邪魔する、みたいな感じでなく、ただただ喫茶店に猫が好き勝手に出入りしていて、客は普通にカフェ飯を食う。猫は当然足元どころか、テーブルの上にもやってくる。『店主は、猫』（猫夫人著、WAVE出版）では、カフェやコンビニどころか、靴屋から日用品店、デザート屋や製麺店まで台北周辺の看板猫を集めていた。お客さんも、衛生とかそんな細かいことは言わない。可愛がる人は手を出してなでるし、好きじゃない人はそこらにいる猫など放っておく。「自分は自分」と猫も台湾人も言っている。

中国語を学ぶ留学時代、住まいは台湾の学生に倣ってシェアハウスだった（台湾はワンルーム物件が極めて少ない。ファミリー向けを複数人で住み、キッチンやトイレ、シャワーは共用で、テレビがあるリビングにルームメイトがたむろする)。だからよく、カフェに逃げて勉強した。コーヒーとかは日本と同じかそれ以上の値段がする。そのかわりどれだけ長居しても嫌がられない。毎日のように通っていた行きつけのカフェである日、四、五時間勉強したあと、おなかすいたので飯屋へ行こうと席を立つと、マスターが「晩ご飯? 荷物置いて食べておいでよ」と言った。つまり、二杯目を注文する必要もない、ということらしい。いくら単価が普通の麵屋よりずっと高いにしても、さすがにびっくりした。まあお客さんも店員ものんびり自分のことをしているから、変な同調圧力なんかないわけだけど。

台北は盆地で、南国の雨粒は太く、大きい。台湾は昼寝の習慣もあるけど、あのカプチーノが美味いカフェの店員が、客の少ない店内でテーブルに突っ伏して寝ていたのは、もっと午後遅かったような気がする。どのみちぼくも降り籠められて、活字を追うのも諦め、ぼんやり雨の音を聴き続けていた。

驟雨打つカフェの女が目を覚ます

俳句がいいところは、読み返すと（出来不出来はともかくとして）そのときの風景がすうっと思い浮かぶことだ。それは現実よりもずっとリアルで、写真より抽象的で、前後の時間が断片的に重なりあうような記憶の総合体だ。

——『茅花』二〇一八年三月号

杉田久女と台湾

先日、本を読んでいて、台湾と俳句の小さな関わりを見つけた。俳人・杉田久女（一八九〇～一九四六）は台湾（嘉義、台北）に暮らしたことがあったという。大蔵省の官吏をしていた父が鹿児島（杉田久女の生誕地）、沖縄の次の任地として、新領土・台湾の税制調査を命ぜられたため、家族とともに台湾へ転居したのだ。最初は台湾中部にある嘉義（映画『KANO 1931海の向こうの甲子園』の舞台でもある）に暮らし、のちに台北で小学校に通い、お茶水高等女学校に合格した彼女は日本へ戻った。その快挙は、植民地の初等教育の成果として新聞に載ったそうだ。

台湾に渡ったのは、割譲からわずか二年後の一八九七年である。彼女の随筆「梟啼く」によれば、伝染病蔓延の南海の未開地へ向かうにも一苦労であった。沖縄から船でまず北部の港町・基隆へ上陸。そのあと台湾海峡のなかほどにある澎湖諸島を経由して、台南へ。そこから地元民の籠に乗って、台中・新竹を経由して嘉義にようやく辿り着く（今の地理感覚からすると不思議な経路だが、一九〇八年に台湾縦貫鉄道が開通するまで、台湾西岸の南北交通はかなり貧弱だったことがわかる）。交通が不便であるだけでなく、領有直後の当時は抗日運動が激しかったから、彼女たち家族は、たえず土匪に怯えながら進んだ。「三里も五里も」集落がないのは当たり前で、竹藪のなかのボロ宿屋に泊まった。渡るべき川は豪雨で落橋し、父が裸になって深さを確かめた。

じつはこの「梟啼く」は、台湾生活というより、渡航前より病気だった弟の死を描いた文章である。病状が悪化し、嘉義市街の外れにある、領台時の野戦病院そのままのような淋しい病院に入院した末子のために、父は電報で台南から氷を取り寄せたが、トロッコでそれが届いたときには、弟はもう亡くなっていた……。

それでも家族は生きていかねばならない。台湾を描いた別の随筆「竜眼の樹に棲む人々」は、家族の日常と、台湾人との交流が緻密に描かれ、出色である。弟の死後、久女の家族は煉瓦造の建物三棟が、竜眼の木がある中庭を囲む家へ移った。息子を亡くした父は、家の植物の世話を唯一の慰みとし、庭では砂糖きび、「一尺」もある長胡瓜と長茄子の木、桐、ニラが異常な発育を見せ、台湾ひるがおが竹垣に咲き、ことに仏手柑が大事にされたという。

久女の母が毎日出かける地元の市場の様子が楽しい。「ベタリと赤い印を皮に押した豚の身」「生きたアヒルや鶏のくくった足を手にぶらさげて売っている」。「六七段も房のついた見事なバナナ」「黄色のスーヤア（マンゴー）」「林檎の様な色つやの何とか云う果物（おそらくレンブー）」「五六節の長さに切られた砂糖黍」「西瓜、蜜柑、柿と」「皆大きな蓋付の籠に美しくつみ上げられ」「私達の注目をひく」。

彼女は現地の言葉はわからなかったが広っぱで人形劇を見た。「瓜ざね顔の目の吊り上がった美男の五寸程なお人形や、頬紅さして月の眉の美女のお人形」が「三尺に足らぬ舞台」であやつられていた（布袋戯《ポテヒ》という民間人形劇）。「チャルメラか何かの楽の音につれて剣を戦わしたり舞ったりするのが」「大変おもしろかった」という。久女の両親は当時としては開明的な人で、台湾人を差別しないよう彼女を育てた。だから一家が台北へ引っ越すとき、家の下働きをした台湾の子供やご近所の人びとが別れを惜しむ場面が、やさしい筆致で描かれている。

引用した二篇の文章は後年（一九一八〜二〇年に）執筆され、『杉田久女随筆集』（講談社文芸文庫）に収録されている。惜しむらく、彼女は「出生地鹿児島」「琉球をよめる句」と題した俳句、

砂糖黍かぢりし頃の童女髪《うないがみ》
榕樹鹿毛《かげ》飯匙倩《ハブ》捕の子と遊びもつ

などを残しているが、台湾を詠んだものは、見つからなかった。

俳句からは離れるが、日影丈吉（一九〇八〜一九九一）というミステリ作家がいる。近年、『日影丈吉傑作館』（河出文庫）、『内部の真実』（創元推理文庫）な

どが復刊されているが、彼自身兵隊として駐屯した台湾を舞台に、推理小説をいくつか書いている。日本統治時代の台湾を描いた小説はいろいろあるが、終戦を迎え、中華民国に接収される前後の、どこの権力からも自由となった街と人びとを活写した作品は、とても新鮮だ（ポツダム宣言受諾は八月十四日、中華民国との降伏式典は十月二十五日。そのあいだ、台湾は奇妙にも平和な日々が維持されたという）。

前者に所収された「消えた家」は、そのころの台北で、日本人が多く住む「城内（今の中華路の東）」と異なり、台湾人が多く暮らす萬華地区が登場する。今でも、龍山寺と華西街観光夜市が賑わいを見せる有名な観光スポットで、なおかつ、拙訳の『歩道橋の魔術師』（呉明益著、白水社）に描かれたように、売春婦が路地に立つ、猥雑な雰囲気を醸すエリアだ。

しかも、終戦後の台北は「戦争で疲弊しつくした土地とちがい、あべこべに、抑圧されていた民衆の力が、一度に爆発し」「民衆の生活は活気に満ち、街には物資があふれ」ていた（台北は米軍の空襲にあっている。念のため）。いっぽう、日本に帰るめどは立たず、現地で除隊となり、自ら生計を立てることになった兵隊たちは、台湾人相手に日銭を稼ぐために、空き店舗を借りようと地元人の商店が並ぶ萬華の路地に入っていくが……。そこで巻き込まれる不思議な事件の顚末はともかく、商店街とそこに暮らす人びとを見る主人公たちは、どこか遠巻きだ。彼らは、自分たちがこの土地に含まれぬ部外者と自覚している。

中年男たちの断絶を前にした冷ややかな目と、杉田久女の幼く、彼我を分けぬピュアな目は、映るものもおのずと異なるだろうが、見る者の事情などまったく構わず、台湾は今も昔もやはり生き生きと生命力に溢れている。

——『茅花』二〇一八年五月号

解説

風景の前の自由

斎藤真理子

翻訳家・天野健太郎は俳人でもあった。だが、天野さんと俳句の話をしたことはない。それは、言葉を扱う人としての彼の半分しか知らなかったことを意味するのかもしれない。

天野さんが亡くなって一年半以上が経った。同じ東アジアの、そして日本の植民地だった点でも台湾と共通する韓国の小説を翻訳している私は、天野さんに相談したいことがいっぱいあった。一年半経ってもまだ寂しく、憮然としていると、ぽんと風呂敷包みを渡されるようにして、彼の俳句がやってきた。空と雲と、植物の句を読んだ。

静止画のような青空にビワがなる

汝らは含まれぬものと雲が言い
空の澄む言葉で繋ぐほかなくて

私は俳句のことを知らなくて、作句の技術などについては何も言えないから、ただ印象を記すだけで申し訳ないのだが。

「汝らは含まれぬ」―、と断定されているにもかかわらず、雲の句には何かしらの開放感がある。断定を押し返すような「張り」もある。どこかへ呼び出されたような広やかさ、晴れやかさがある。そして空は澄んでおり、それについて作者は多くを言わない。

「言葉で繋ぐほかなくて」

言葉で繋ぐ、ということでいうなら、天野健太郎の翻訳の仕事はその意味で読者から絶賛されていた。それはある意味、言葉の広い海に新しい栄養分を投下するような仕事だったのだろうと思う。台湾文学をはじめとする中国語文学の紹介者としての業績のみならず、端整で奥行きのある日本語で、台湾の歴史・文化を多面的に伝えた。

そもそも言葉に対してきわめて鋭い感覚を持っていたことは、本人の文章を四、五行も読めばすぐにわかる。自在で軽みがあり、同時にやや古風な好みもある。「すれ違ってのち、物惜しく振り返ると」（本書一八〇頁）、などという言い回しが不自然でない。

彼のものごしには、ずっと日本でだけ生きてきた人とは少し違った落ち着きがあり、それがときにはふてぶてしく見えたのかもしれないが、アジアの異郷で鍛えられてきた人という一つの類型《タイプ》のように思えて、私は頼もしく感じていた。

常にはっきりした方針と方法があり、明確な見取り図を持って仕事を進めるプロデューサーだった。台湾文学について天野さんは、「国際情勢が歴史を既定し、外来政権が言語を決定し、強権政治が文化を限定するなか生まれた物語に、心の奥底を打たれた」、だから「切り口や解釈でなく、台湾人が見たこと、感じたこと、考えたことをそのまま伝えるため、小説を選んだ」（「台湾文学の謎」、白水社ウェブサイト）という。

何を、どのように、どんな順番で翻訳するかについて明確な工程表が彼にはあったと思うし、おおむね見定めた通りに歩いたのだと思う。

本書所収の「句集　風景と自由」についても見取り図は整っていて、「風景と自由」というタイトルも、章立ても、章に付された見出しもすべて、二〇一七年の段階で天野健太郎が準備していたものである。

黒鍋で炒めて青しキュウリかな
透き通る大根目がけ醬油差す
夏終わる冷麦の束残数え

「三食をつましく作って食って、近所を散歩して俳句作って、あとは家にある本とCDを消化するだけの人生で別にいいのだが」（本書六頁）と彼は言う。桃、梨、茄子、葛桜、味噌おでん。句に出てくる食べものは植物性のやさしいものがほとんどで、目にみずみずしく、読んでいてもこなれがよい。

伯父である村松五灰子の茅花句会に所属し、俳誌『茅花』とTwitterに俳句を発表していたという。門外漢の私にもわかる、写生有季型の句だ。「それを私は選んだ」（本書四頁）と天野さんは言いきっている。はっきりしている。

ボクシンググローブを干せ五月晴れ
記憶には蛙を踏んだ匂いとか
秋空の澄みて遠近無くすまで

ボクシンググローブの句は、師匠でもある村松五灰子から「表現も簡潔にして又たくましい」と評され、蛙の句は夏井いつきから「『蛙』と知ったとたん、『匂い』がリアルに蘇ってきたか。（中略）切れない型も内容に似合う」と評価された（「野性俳壇」『野性時代』二〇一八年五月号）。

翻訳と俳句は似ていると、天野健太郎は言っていたそうだ。「何かを創造する（想像する）のではなく、ただそこにあるものを別の言葉に写し換える作業であるから」と。

最後の訳書となった呉明益の小説『自転車泥棒』は、異なる言語、異なる文化を持つ台湾のさまざまなエスニックグループの人々が語るスタイルで、時間的にも空間的にも広がりのあるダイナミックな物語が精妙に綴られている。そんなことから呉氏は事前に、天野健太郎を含む複数の翻訳者に完成原稿を送って意見を求めた（作中に日本語を話す人物が出てくることも関係していたかもしれない）。この難易度の高い本の翻訳を終えたあと、命がいくらも残っていなかった天野さんは「訳者あとがき」でこう書いている。

「圧倒的な『野生』であるテクストを、体で受け止めて理解し、それに見合う文章をまったく別の広大な言語世界から見つけて拾い出し、当てはめては交換・調整し、結果『ふぞろい』であってもできるだけきれいに磨きあげる」

それは大変な力技だったし、その成果の見事さは多くの人が証言する通りだ。日本語で創作する台湾人作家、李琴峰は「天野さんは悉く完璧なほどに日本語の、ひいては日本の文脈で適切な訳語を見つけて、置き換えていった」（「始まったばかりの旅、道半ばの志」、李琴峰のnote）と裏書きする。また、呉明益は「日本で出版された『歩道橋の魔術師』と『自転車泥棒』は、どちらも僕と君の合作だ」と書いた（中村加代子訳「天野健太郎さんのこと」『天野健太郎遺稿集』）。

＊

第一言語のタンクを背負って第二言語の海に潜り、また逆のことをやる。物語の翻訳という仕事はそのくり返しだ。他者の言葉のために費やされる膨大な労働。言葉の深海の中で、物語を手離してはいけない。しかし物語を占有してもいけない。深海から浮上したあと、他者の物語を他者に引き渡すために、翻訳者は働くのだから。

そのためには、今までに見聞きし、読み、話した言葉だけでなく、自分自身では口にしたり書いたりしないだろうと思っていた言葉も含め、第一言語の持ち札すべてで仕事をする。この過程で「自分の語彙」と思っていたものはどんどん変容していく。

俳句はその途上で、どのような意味を持ったのだろうか。

仕事のパートナーであった黄碧君さん（太台本屋 tai-tai books 店長）から、天野さんは打ち合わせ中や移動の途中にときどき小さいノートを出して、俳句のためにメモをしていたと聞いた。あくまでも自分の外にあるものに目をこらすこと。「事実としての風景」（本書四頁）に目をこらすこと――「写生」を、彼は大切にした。自他ともに認める飽きっぽさなのに、俳句が続いていることが不思議だと、自分でも言っている（本書六頁）。

天野さんはそうやって俳句とともに歩きながら、第一言語のタンクが余計なものをたくわえないよう、傾かないよう、無意識に整えていたのかもしれない。二つの言葉の海を行き来するための自由を、そのようにして手入れしていたのかもしれない。

止まぬ雨映画のように手を伸ばせ
ゆっくりと驟雨が台北を冷やしおり
崩れおる日本家屋にブーゲンは

中国語文学には台湾に来て初めて出会ったのだと、会話の中で聞いたことがある。彼が亡くなってから読み返したエッセイにも「台湾文学は（小説もエッセイも）、ぎゅっと美しい中国語を持っていた」（「台湾文学の謎」）とあり、あのときの、晴ればれとして見えた表情が裏書きされた。

七年間に十二冊の翻訳書を出したが（たった七年だったことに改めて驚く）、歴史書、ノンフィクション、小説（いわゆる純文学もミステリも）、写真が主体の「猫本」、絵本、若い女性たちのイラスト入りFAX書簡集に至るまで縛りがなく幅広い。しかし一冊一冊は選び抜かれており、コンセプトは一貫していた。「台湾人が見たこと、感じたこと、考えたことをそのまま伝える」（「台湾文学の謎」)。そして翻訳出版のモットーは、面白いものを面白いままに、ということに尽きたと思う。「普通におもしろい」というのをキャッチフレーズにしてやっている、とある対談で語っていた通りだ。

だが、面白さを面白さのままで日本に移植するためには地道な裏方仕事が必要だし、そこにこそ、冴えが必要となる。

天野健太郎の訳書を読むと、翻訳の出来栄えもさることながら、訳注やあとがきなどに施された入念な基礎工事が本当にいい。

例えば『日本統治下の台湾』(陳柔縉著)。「写真とエピソードで綴る1895~1945」というサブタイトルの通り、好奇心に満ち、ディテール豊富な面白い本だ。そしてこの本のまえがきに付された、「日本統治時代の台湾」という言葉の訳注を見て私は圧倒された。約千二百字で、日本による植民地統治の経緯と政治的・経済的内実が、台湾人・先住民族双方の対応も含めて記されている。もし私が、朝鮮の同時期をこれと同じ文字数で記述せよといわれたら、できるだろうか?

この文章の最後は「四八万人の在台日本人は四七年春までにほぼ全員の引揚げが終了した」と締めくくられていた。植民地支配が終わったとき、確かにそこにいた日本人たちはその後どうしたのか。一九四五年で終わったわけではない。ここには、日本の戦前・戦後の連続性を強く注視する態度が感じられる。

キーワードはいつも、「人々」と「記憶」だった。「こと」よりも「ひと」、いや、「ひと」を経由した「こと」の理解を天野健太郎は最も重視したのだ。

二冊のとびきり面白い「猫本」を彼は翻訳しているが（『猫楽園』『店主は、猫』、いずれも猫夫人著）、それは、猫たちに惹かれて写真を撮るうちに、猫を保護する活動を始め、地域を変えてしまった「猫夫人」という著者、その「ひと」の存在あってのことだった。この人は「台湾人だが、台湾語を禁じられて育った」人であり、「台湾の生活、文化のすばらしさを台湾の人にも外国人にも知ってもらうために」楽しい本を作った。台湾人が台湾を知らないとはどういうことなのか。歴史の複雑さを、猫を通して知る。だから「この本は日本人には書けないの」と天野さんは言った。「猫本」は日本で常に需要があるが、「台湾の猫も可愛いよ」というのだけがコンセプトではなかった。

また、龍應台のエッセイ集『父を見送る』に出てくる、著者の父親の来歴を思い出す。中国湖南省に生まれ十六歳だった彼は、ある日の午後、市場へ買い物に出かけ、そこで軍隊が少年兵を集めているところに出会う。貧しい少年にとって、人生を変えるいちばんの近道は軍人になることだった。彼は「天秤棒と籠をほっぽり出し」て兵隊になり、日中戦争、国共内戦と、敵の異なる二つの激戦に参加した末、一九五〇年に台湾に来た。そのまま、生きて故郷に戻ることはなかった。

普通の人のすさまじい歴史が堆積し、その地層の上で人々が暮らしている土地。この地層から、日本による植民地統治の歴史を取りはずしてしまうことなどできない。さらに、日本社会には「台湾は（韓国などとは違って）親日的だ」という思い込みもある。台湾は大きく変化したが、旧宗主国側が持つ台湾への愛着の危険は、今もゼロにはならない。

「つまり私が俳句にしているのは、風景でしかない」（本書四頁）というぶっきら棒な物言いには、台湾のすべてを前にしたときに、自らの抒情と郷愁は禁じ手にするという態度が含まれていたのではないだろうか。

北京に留学したこともあったが、結局台湾で中国語を学ぶことにしたのは、肌の合う何かがあったのだろう。大切な時間、大切な経験、大切な人々がいたことだろう。けれども、自分のロマンチシズムは自分のやり方で制御していたように思う。それは、あるとき、かつての植民地出身である何人かの日本の文学者について天野さんと話した際に、私が受けた印象にすぎないが。

*

蛇口からお薬の水冷ややかに
我の為痛みを隠せ去年今年
春更けて痛み止め入れ二度寝かな

天野さんが病気であることは知らなかった。気づかせないよう、大変な努力をしていたのだと思う。そんな中でも、仲間たちと会えば楽しく食事をし、またねと笑って別れた。本に小さな付箋をびっしり貼って読んでいた。業務連絡でやりとりする短いメールの文章にすら、端整な上にちょっとしたウィットが感じられ、さすがと思ったものだ。自己憐憫などかけらも感じさせなかった。

そんな彼の病気に関する句を読むと胸を衝かれる。俳句があってよかった、などとは、言うのもはばかられ、ただ、天野さんが季語をつかんでいた握力の強さを記憶するにとどめる。そのことは、病前と病後で変わりはなかったのだと思う。

強情を固めるように雪を踏む
炎下へと三十九度の命降る
彼岸まで赤字を入れる我が身かな

二〇一八年、天野健太郎が訳書『自転車泥棒』の仕上げのためにどんなに力を振り絞っていたか、今は多くの人がよく知っている。『自転車泥棒』のあとがきで、呉明益はこの作品の背景を「それは、ひとりの人を愛することさえできない、哀悼さえ許されない時代」と説明した。そして、「この小説は『なつかしい』という感傷のためではなく、自分が経験していない時代とやり直しのできぬ人生への敬意によって書かれた」と続けた。

これはまさに天野健太郎自身の態度でもあったと思う。

天野さん本人は訳者あとがきで、呉明益の作品について「結果、彼の作品は、内外の政治・経済情勢及び自然環境の影響をほぼ時差なく受け、その対処に忙殺され、自らを『振り返る』ことを長らく忘れてきた台湾で、それまで世代間、エスニックグループ間、地域間などで断絶し、共有されてこなかった『記憶』を互いに再発見しようという社会的な関心を呼び起こすきっかけとなった」とまとめた。何と見事な俯瞰図なのだろう。思えば、いつも彼の俯瞰図は正確で鮮やかだったのだ。自分自身についてもそうだった。

老後は、『紅楼夢』の翻訳をやりながら過ごしたいと、言っていたそうだ。台湾の二十一世紀の小説から、十八世紀の古典まで。「ぎゅっと詰まった美しい中国語」をはるかに見渡す、広大なパースペクティブが天野さんの前には広がっており、その間を埋める道も天野さんの中にはきっとあったはずだ。

＊

今年の夏は、曇り空の下で蟬の声をよく聞いた。香港での市民たちによる民主化デモ、そして台湾・韓国での新型コロナウイルス感染症への対応など、天野さんが生きていたら何と言っただろう、意見を聞きたいと思うことがよくあった。そんなときに街路樹の下を歩いていて、ああ蟬が一匹鳴いている、と思うとまた別のが鳴きはじめ、最初のが止む。止んだなと思っているとまた違うのが鳴きはじめ、やがて声が重なる。

どの蟬が傑出してということもなく、鳴き交わしている。その重なりに耳をとられながら歩き、気がつくと、蟬たちの声の中に天野さんがいるのだった。天野さんの蟬の句のうちのどれというのではなく、天野さんの蟬たち、という趣で、いるのだった。

蟬が死ぬ我がベランダも世界らし
ばあちゃんの化粧を待つや蟬の声

「それは現実よりもずっとリアルで、写真より抽象的で、前後の時間が断片的に重なりあうような記憶の総合体だ」（本書一九三頁）。天野さんが俳句に関するメモに書いていた、その通りだった。

有名無名の句が手を携えて空気の中に層をなし、その響き合いの中に、天野さんもいた。俳諧が生まれて以来今までに、いったい、どれだけの人がこの地上での命の短い虫のことを詠んできたのだろう、そして詠まれた蟬はどれほどいるのだろう？　これが伝統定型詩の底力だろうかと思うような、一瞬だった。

天野さんが書いたエッセイの冒頭の一文を読んで、「まるで自己紹介みたいじゃないか」と思ったことがあった。「誰でも、ふとしたときに、わけもわからないまま、なにかに惹かれてしまうことがあるらしい」（本書一八四頁）というくだりだ。

これは訳書『台湾少女、洋裁に出会う』を紹介したものだ。この本の原題は「母親的六十年洋裁歳月」。植民地時代の台湾に育った少女が「わけもわからないままに」洋裁に憧れ、台南の洋裁店に勤め、日本に留学し、主婦生活を経て洋裁学校を開き、多くの女性たちに洋裁を教える。自分の力で自分の道を切り開いたある女性の一生を、その息子が書いたノンフィクションである。

私はこの小さな本が、天野さんの訳書の中でいちばんぐらいに好きだ。天野さんが伝えたかった「ひと」の姿が、いちばん確かに息づいているような気がするからだ。

著者の言葉を借りるならこの本は、「政治体制の変化、経済発展と都市化を背景に、おしゃれで自分を表現しつづけてきた女性たちの歴史そのもの」である。

支配者が変わり、政治が変わり、時代が変わる。台湾の人々はその中を生き抜いてきた。見たこともないような美しい西洋の服が現れるかと思えば、同じくらい美しいチャイナドレスを着て歩いていたら「チャンコロ」と罵られたりもする。そして言葉。親の知らない言葉を使いこなす子どもたちが続々と現れたかと思うと、昨日まで使っていた言語が一夜にして使ってはいけないものになりもする。

人間によって激動する人間の社会。そして変わらない自然。その両者が交錯するところに、天野さんは俳句という自由を持って立会い、仕事をした。『台湾少女、洋裁に出会う』の主人公がミシンを味方につけていたように、俳句という味方とともに。

「俳句は無限にある　そこに風景と自由さえあれば」（本書三頁）。天野健太郎はこの句文集の冒頭にそう書いた。人間には風景に惹かれる自由がある。なぜ惹かれたのかわからないこともある。わからないままにそこに立って、風景を見ている自由。わかるまで人と会いつづける自由。わからないかもしれないけれど、言葉を追い続ける自由。

『台湾少女、洋裁に出会う』の天野さんの「訳者あとがき」のいちばん最後には、こうある。

「複雑な状況下にあってもなおじっくり積み重ねられてきた、人びとの勇気を感じ取っていただければ幸いです」

歴史の激流や濁流の中にあっても、どんなときでも、人間は何かに惹かれる。そして、わけもわからず惹かれたもののその先に天野さんが見ていたのは、勇気だった。

最後に、天野健太郎に連なる人々の蟬の句を挙げておく。

なんらかの完全な世界カナカナと　　健太郎

朝蟬の少しづつ鳴きどっと鳴き　うた子
蟬多く御廟所なれど参拝す　一平
この寺の虚子も聞きたる蟬を聞く　五灰子

「うた子」は九十八歳で亡くなるまで現役俳人であった天野健太郎の祖母、村松うた子。二〇一八年、孫が亡くなって二十日足らずで息をひきとった。そして「一平」は天野健太郎の祖父、岡田耿陽に師事して俳誌『竹島』などに投句し、三河で有名な俳人であった村松一平である。「五灰子」は天野健太郎の伯父で俳句の師匠、村松五灰子。

これら近しい人たちの句と重なりつつ、天野健太郎の言葉はこれからも、先々の四季の中で、私たちを待っているだろう。

秋の雲見下ろしているデジャヴかな

（二〇二〇年八月二日）

さいとう・まりこ／翻訳者、ライター。訳書にチョ・セヒ『こびとが打ち上げた小さなボール』（河出書房新社）、ファン・ジョンウン『ディディの傘』（亜紀書房）など多数。村松武司『増補 遥かなる故郷――ライと朝鮮の文学』（皓星社）の編集と解説を担当。

著者紹介

天野健太郎◎あまの・けんたろう

台湾文学翻訳家、俳人。一九七一年五月六日、愛知県三河・西尾市生まれ。岡崎市の商店街で育つ。祖父の村松一平は『ホトトギス』で活躍した三河の俳人で華道・彩生会初代家元。一平の長男である伯父の村松五灰子（本名は修一）は、俳誌『茅花』を主宰。花屋を営む両親の多忙のため、著者は保育園入園まで祖母に預けられた経験をもち、「おばあちゃん子」だったという。なお一平の妻である祖母・村松うた子も俳人だった。

一九九六年、京都府立大学文学部国中文専攻卒業。二〇〇〇年より国立台湾師範大学国語中心に留学し、評論家の陳芳明の授業を聴講したことをきっかけに、台湾文学と出会った。さらに二〇〇三年より国立北京語言大学人文学院に留学し、帰国後は中国語翻訳・通訳、聞文堂LLC代表を務め、台湾書籍や台湾文化を日本に紹介する活動をおこなった。

二〇一二年、翻訳家としてのデビュー作となる台湾の作家・龍應台『台湾海峡一九四九』が話題になり、二〇一六年には呉明益『歩道橋の魔術師』が日本翻訳大賞の最終候補となる。文芸、歴史、エッセイ、絵本とさまざまなジャンルの翻訳に取り組み、二〇一七年に刊行された香港の作家・陳浩基『13・67』は日本でもベストセラーになった。

その訳文に関しては、多くの読者から賞賛され、評論家の川本三郎は「翻訳した文章がきれいだ」と高く評価。また作家の呉明益は「日本で出版された『歩道橋の魔術師』と『自転車泥棒』は、どちらも僕と君の合作だ」と発言し、著者の仕事に深い信頼を寄せている。

俳人としては二〇〇九年、俳誌『茅花』に創刊時より参加し、同誌および Twitter に三千を超える句を残した。東京の病院にて膵臓癌の手術を受けた一年後の二〇一八年八月、岡崎花火大会の夜に帰省した著者が、第一句集『風景と自由』（未刊）のための俳句原稿を父・天野真次に手渡している。原稿には、「第二句集『俳句にならなかった風景』を数年後に刊行予定」と記されていた。

二〇一八年十一月十二日、最後の翻訳作品となった呉明益『自転車泥棒』の発行日から二日後に永眠。享年四十七。

訳書一覧

龍應台『台湾海峡一九四九』白水社、二〇一二年
張妙如・徐玫怡『交換日記』東洋出版、二〇一三年
猫夫人『猫楽園』イースト・プレス、二〇一三年
陳柔縉『日本統治時代の台湾――写真とエピソードで綴る1895～1945』PHP研究所、二〇一四年
呉明益『歩道橋の魔術師』白水社、二〇一五年
龍應台『父を見送る』白水社、二〇一五年
猫夫人『店主は、猫――台湾の看板ニャンコたち』小栗山智共訳、WAVE出版、二〇一六年
鄭鴻生『台湾少女、洋裁に出会う――母とミシンの60年』紀伊國屋書店、二〇一六年
ジミー・リャオ『星空』トゥーヴァージンズ、二〇一七年
陳浩基『13・67』文藝春秋、二〇一七年
ジミー・リャオ『おなじ月をみて』ブロンズ新社、二〇一八年
呉明益『自転車泥棒』文藝春秋、二〇一八年

――著者紹介および訳書一覧の作成にあたって、『天野健太郎遺稿集』（天野健太郎さんを偲ぶ会）、野嶋剛「台湾文学を日本に広げた人物の早すぎる死――翻訳家・天野健太郎氏を悼む」（『ニッポンドットコム』、https://www.nippon.com）を参照しました。

謝辞

本書を刊行するにあたり、村松五灰子様、天野真次様より多大なご協力を賜りました。心よりお礼申し上げます。

本書の「句集　風景と自由」は、著者が生前、第一句集として刊行することを考え、まとめた原稿をもとに構成されています。「拾遺　俳句にならなかった風景」は、著者の父・天野真次氏によって整理された遺稿から構成されています。なお、「はじめに」を除く散文作品はすべて、著者の伯父・村松五灰子氏が主宰する俳誌『茅花』に掲載されたものです。本書中の〔　〕内は、編集部による注釈です。

風景と自由　天野健太郎句文集

二〇二〇年十月十四日　第一版第一刷発行

著　者　天野健太郎

発行所　新泉社
東京都文京区本郷二－五－一二
電話　〇三－三八一五－一六六二
ファックス　〇三－三八一五－一四二二

印刷・製本　萩原印刷

ISBN978-4-7877-2019-1 C0092

ブックデザイン――堀渕伸治©tee graphics